云画

程似锦 著

河南文艺出版社
·郑州·

图书在版编目（CIP）数据

云画/程似锦著. —郑州:河南文艺出版社,2018.4
(2022.5 重印)
ISBN 978-7-5559-0673-5

Ⅰ.①云… Ⅱ.①程… Ⅲ.①散文集–中国–当代
②诗集–中国–当代 Ⅳ.①I217.2

中国版本图书馆 CIP 数据核字(2018)第 067112 号

出版发行 河南文艺出版社
本社地址 郑州市鑫苑路 18 号 11 栋
邮政编码 450011
售书热线 0371–65379196
承印单位 河南龙华印务有限公司
经销单位 新华书店
开　　本 890 毫米×1240 毫米　1/32
印　　张 11.25
字　　数 178 000
版　　次 2018 年 4 月第 1 版
印　　次 2022 年 5 月第 2 次印刷
定　　价 50.00 元

只有云知道

　　我在很小的时候一直幻想我从另外一个地方来，一个有着神奇力量和神秘景象的地方。（是《三生三世十里桃花》吗？哦，不不不，我没有那样的才情和能量，我很钦佩这部电视剧的所有创作人员和演职人员，感谢他们制造了一个这样美丽的神话，使我们在洞彻人类残酷、丑恶的同时，更加珍惜人间的温暖和美好。）

　　我不知道那是什么地方，我也无法证明。所以当我受委屈的时候，当我无奈无助的时候，我曾经想用各种奇奇怪怪的方式告诉别人（包括我的父母）我是一个不平凡的人，但不知道为什么，一直没有做。也许当时哭得很伤心，或者一直望着星空在幻想中睡着了，醒后又忘了吧。

　　这是12岁以前。

　　12岁到18岁是这样的：我经常会在现实中突然发现眼前的此情此景，包括每个人说的话、所在位置以及所有物品的摆放，都是我曾经在梦中见到过的，一模一样。也就是说，我经常在梦里看到自己的未来。

18岁以后，我很少再做这样的梦。

我想，可能是尘世中太过繁乱的一切一点一点磨去了我的灵气。

我对所有丑恶现象有着天然的抵触，对美食、美衣、美妆无限热爱。

我一边梦想着飘飘欲仙，一边忍受着现实中的污垢、汗水和眼泪。为我不够漂亮，不够耀眼，不像星、不像云、不像鹤而痛苦。

我不会吵架，不会扎堆，不会争夺。

但不知道为什么，我一直相信我来自一个神秘的地方，所以我虽然外表纤弱，但内心刚强。

当我小时候千方百计偷偷拿出钥匙打开父亲装满连环画书的小木箱时，我不知道我将来会有一个单独的书房，里面放满了书，我可以随心所欲地阅读。

当我中学时为自己衣服不多发愁时，我不知道我将来会有数不清的衣装，堆满了衣柜和卧房。

当然，我有过很多次的伤心、失望和彷徨，但我一直相信我来自一个神奇的地方，我是一个与众不同的姑娘。

再后来，我知道了，的确有那么一个神奇又神秘的地方，一直有一双眼睛在高空凝望，亲爱的，那不是别人，那正是我们梦想中的自己，是我们自己在一直提醒自己，坚持，坚持，坚持做完美的自己。

这篇自序写于很久之前。当这部书稿进入编辑出版环节时，我的第二部书稿也即将完工。非常感谢丁宝华老师，他是国内著名画意摄影家，也是我的恩师，没有他的引导，我也无法完成这本倾注了我大量心血的书稿，感谢丁老师的封面配图，精彩摄影和唯美构图，与书名完美契合，愿我们的人生都能从此翻开崭新完美的一页。更感谢年轻美丽、才华横溢的摄影师人鱼和甜美可爱、优雅迷人的www，我们三位氧气美女联袂规划诗与远方，共同唱响《云画》正能量！

目　　录

前　　世

今生（上）

今生（下）

涅　槃

相　逢

牵　手

传说（下）

玉临风（上）

玉临风（下）

月玲珑（上）

月玲珑（下）

前　世

我是公主

我原来是公主，而且是来自云端的公主。

可能是犯了错，也可能是因为好奇、调皮，或者被坏人陷害，总之，不知道是什么原因，我来到了尘世。

但我知道，我是公主。

既然来到了尘世，就只能坦然接受。

我也会哭、会笑、会羡慕、会嫉妒、会焦灼和愤怒。

但当一切都过去，我的心中总会只剩下一个念头：我是公主，我原来曾是公主。

这个想法使我像一棵会自动剪枝和修复的树，我总能挣扎着拨开遮眼的乱枝和迷雾，努力挺直腰杆，使自己一天天、一点点，长成一棵挺拔秀丽的树。

我想长到云的高度，我想看一看我曾经生活过的国度。

也许，无论我怎么努力，也达不到那个高度。

可我发现，我的努力已经使我超出普通的高度，就算我回不去，我也不用忧虑，因为众生都已经看到了我的努力，寻找了我很久的亲人也终会在惊喜交集中与我团聚。

但如果我不努力，在这苍茫纷乱的尘世，他们根本无法找到

我，即使找到，也无能为力，因为我已经没有了回去的资格和能力。

　　亲爱的，相信我，我们都是来自云端的公主，能不能回去，全靠我们自己。

寻找王子

有的姑娘从3岁开始就有追求者。

有的到20岁还孤单着，像我。

我很丑吗?

不，我不丑，也不是没有追求者。

我只是很骄傲，我觉得他们都不是王子。

我不知道王子在哪里，也不知道什么时候能够遇到他。

其实，我的王子也在到处寻找我，虽然，他也不知道我在哪里，该怎么做才能找到我，甚至他都不知道他是在找我，他只是像我一样，坚决地拒绝了一个又一个追求者。

我们远隔千里，却在不知不觉中，一点一点，朝着对方走。

即使多年后，我们终于碰到了，我们也不知道这就是我们要寻找的人。

只是不知道为什么，我们从此都不能或者不愿离开彼此。

然后，就像所有美丽的童话故事一样:我们从此幸福地生活在一起。

记得曾在一本书上看过，当大家都为迟迟未婚的铁凝感到惋惜时，冰心老人却对她说:"你不要找，你要等。"而她也最终等到了自己的幸福。

所以，亲爱的，如果你还没有找到你的王子，就请你耐心等待。

我想，有什么样的期待，就有什么样的惊喜。

如果你的王子让你很失望，也请你耐心等待，也许他遭遇了魔咒。

你知道的，一般情况下，这种魔咒，只需要你的亲吻或者眼泪就能解救。

我祝愿我们，都能像所有美丽的童话一样，永远和自己的王子幸福地生活在一起。

我的宝藏

我知道有一批只属于我的宝藏,埋在不为人知的地方。

事实上,我也不知道它藏在什么地方。

我之所以没有找到它,是因为年幼时太无知、年少时太莽撞,而青年时又整天忙着幻想。

但我知道,的确有一批只属于我一个人的宝藏,埋在不为人知的地方。

所以我并没有浪费太多时光,我总是一边幻想一边努力向上。

寻找的过程当然很苦,有时候,我也想,我是不是找不到了,但我从未怀疑过它的存在。

后来我发现,我在寻找的过程中,也一点一滴地积累了自己的宝藏。再后来,我发现这不是我的积累,而是那批宝藏正在一点一点地回到我的身旁。

噢,它原来就像哈利·波特的魔法石,只有想真正拥有但又不利用它的人才能够得到它。当然,你也必须像哈利·波特一样,坚强地,勇敢地,历尽千辛万苦,才能找到它。

亲爱的,这个世界很公平,我们每个人都有属于自己的宝藏,在寻找的路上，有的人哭，有的人闹，有的怕苦怕累，而有的像向日葵一样执着，像常青藤一样坚强。

我想这就是为什么，有的人能找到，有的人找不到，有的人找到的多，有的人找到的少。

而且，亲爱的，这真的不只是简单的贫和富、幸福与不幸福，也许找到的并不幸福，但没有找到的，在这个世界上肯定会活得很辛苦。

永远年轻的模样

我一直无忧无虑，从未想过自己衰老的模样，总是满心欢喜，活在二十几岁的时光。

虽然不止一个人对我说：你跟十年前一模一样。

其实我知道，十年前，我的皮肤比现在健康，眼睛比现在明亮，有些裙子穿在身上，也比现在更漂亮。

虽然我从不愿去想，就算我从不去想，我也知道，没有任何

人，没有任何力量，能阻止飞转的时光。

可我仍然无忧无虑，满心欢喜，一直活在二十几岁的时光。

我知道，总有一天，皱纹会爬上我的脸庞。

可是，亲爱的，难道你没有发现吗？同样是衰老，为什么有的狰狞，有的慈祥？

就算我们都永不衰老，我想也一样，有的快乐，有的悲伤。

人们总想用外界的力量改变自己的模样，其实最强大、最有效、最持久的方法就在我们自己身上。

当然，也不是说你想年轻，就真的一直有年轻的模样。

但如果你不想无休无止地看这世间变幻沧桑，不想眼看着你所熟悉的一切匆匆流逝，只剩下自己一个人，反反复复地咀嚼孤单、孤寂、痛苦、无奈和忧伤。

那我们也只能这样了，无忧无虑，满心欢喜，在日渐成熟、淡定、从容的心里保存我们永远年轻的模样。

这就是梦

写了这么多，我多么希望，这些都是我的初衷：那不是梦。

但事实上，这些都是梦，是我一直藏在心底，没有实现的梦。

只有我知道，我是多么的焦虑、紧张和恐慌，不，还有无尽的疲惫和忧伤。

这也许有点儿夸张，但的确，这些感觉经常困扰在我身旁。

我不知道大家都过得怎么样，也许跟我一样，有梦想，有失望。

这就是人的一生吗？

这就是人的一生吧。

就算是这样，我也仍旧在想，有梦想，就有希望。

这好像很虚伪，但不这样又能怎样。

亲爱的，我们只能这样，人，总要一直走在希望的路上，才能有希望。

今　生（上）

喜欢懒羊羊

我喜欢懒羊羊，是因为我不能做懒羊羊。

其实，有很多时候，我多么想像懒羊羊一样，有那么多的"坏毛病"，却一直活得又自在又高兴。

更重要的是，大家对此全都熟视无睹，没有人会因为它贪吃、贪睡、爱偷懒而指责它、讨厌它。

因为这就是懒羊羊，只有这样才是懒羊羊。

我相信，有很多人都像我一样，想偶尔做一下懒羊羊，可真要这样，我们却又是那么的不安和恐慌。

其实，假如你有一个温暖美丽的集体，假如你在温馨无忧的家里，偶尔做一下也无妨。

当然，前提是，你必须身在这样的集体，有这样的家可以天天回。

可亲爱的，制造这两种地方的，不是别人，正是我们自己。

爱的天堂

　　不知道你有没有见过随时随地，想睡就睡的小宝贝，不论是在妈妈怀里、爸爸肩头，还是伏在小凳，倚在墙角、车座旁，无论多么难受的姿势，也不管阳光灿烂还是雨骤风狂，他（她）们都能我行我素，甜甜酣睡。

　　真想做一个备受宠爱的漂亮宝贝，吃得饱饱，穿得暖暖，心满意足、随心所欲，恣意横行在爱我们的人专为我们制造的美丽天堂。想睡就睡，想唱就唱，偶尔探探头，靠一靠他的肩膀，亲一亲他的脸庞，和他一起共享这快乐时光。

　　亲爱的，这世上并不是没有天堂，不要太急躁，也不要太匆忙，让我们和心爱的人一起并肩挽手，用我们的一粥一饭，一颦一笑，一天天，一点点，共同建造属于我们自己的小小天堂。

小月亮

　　世界这么大，唯有你，曾与我浑然一体，血肉相融。

　　你的开心笑声、无知懵懂、调皮蛮横、苦乐病痛和每一步成功，都有我的全心付出和倾力关注。

　　亲爱的宝贝，请你时刻谨记，世界虽然这么大，只有我愿为你粉身碎骨，义无反顾。

　　当然我更愿与你牵手相伴，共度风雨，共沐春风。

　　你一切安好，就是我的一生。

在路上

都说亲人和好朋友是避风港，其实，我们和他们永远在路上。

越亲密，越容易深深地伤害对方，因为只有你知道他们最脆弱的地方，而他们，也一样。

就算是亲生父母，和我们也不过是结伴行走在这世上，同样也需要互相搀扶、互相体谅。

我们都知道，可为什么我们很多人都做不到，总在有意无意间伤害着对方。

因为我们都是普通人，没有创造奇迹和神话的能量。

可亲爱的，就算我们没有神的力量，我想，我们还是要尽可能多地，赠人玫瑰，手留余香。

因为只有这样，我们才能够和自己最亲密的人一直轻松、幸福地在路上。

一个人走

有很多时候，我们总想得到别人的帮助。

而在这个世界上，也的确有很多人，从很小的时候，就被许多人保护。

我曾经非常羡慕，相信也有很多人为此又羡慕又嫉妒。

可是，亲爱的，在这个世界上，还有很多人啊，宁愿一个人走。

一个人走有一个人走的痛苦和烦忧，但一个人走也有一个人走的乐趣和自由。

一个人走也许会让我们感到很孤单、很无助，但也有很多人在很多时候觉得层层围护已经成了令人窒息的桎梏。

况且，就算有再多的帮助和保护，人的一生，总有许多时候，总有许多路，需要我们一个人走。

而亲爱的，聪明的你，也一定知道，最可靠、最持久的力量，是自我保护！

不得不这样

生活中，总有很多人，总有很多事，没有像我们希望的那样。

但如果已经是这样，一定有不得不这样的道理和缘由。

我们总想得到别人的理解和体谅，常常忘了，别人也一样这样想。

假如我们都有超能力，就算我们都有超能力，也总有赶不及的时候和考虑不周到的地方。

　　如果生活不是我们理想中的模样，实际上，有太多的时候，是因为各种各样的顾虑和牵制，不是不能，不是不想，而是不得不这样。

　　所以，亲爱的，既然是这样，就让我们少一点抱怨，多一点体谅。我想也只有这样，才能使我们更好更快地到达理想中的地方。

前生来世

一直念念不忘的，可能就是前生，一直未能实现的，只能寄希望于来世。

也有跟这完全不一样的，对于前生，一直莫名地抗拒和回避，对于现在，却想一直保持到来世。

不管是哪一种，都有许多人，一直在纠结和冥想中，把光阴虚度；也有许多人，一直被各种情结困住；还有许多人，放任、放纵、迷失在半途。

同样地，无论是哪一种，我们也都不要一味地指责、埋怨和怪罪，因为，人的一生，的确很长、很累。偶尔停一停，想一想，可能会活得更清醒、更轻松。

而亲爱的，更重要的是，我们必须时时互相提醒，前生已经过去，来世还不知道在哪里，我们能够把握的，只有今天、今生和今世。

有因有果

为什么有的人
默默付出
却一直被无视

有的人飘忽不定
却被层层呵护

这么多的人啊
几十亿分之一的概率

为什么爱的偏偏是你
恨的却是他

没有无缘无故
也不会无缘无故

总有什么前因

才会有今天
这样的结局
当然
爱也会变
恨也会变

可无论怎么变
也依然总得有因
才能有果

我们都想拥有爱的力量
也总想时时
被幸福和温暖环绕

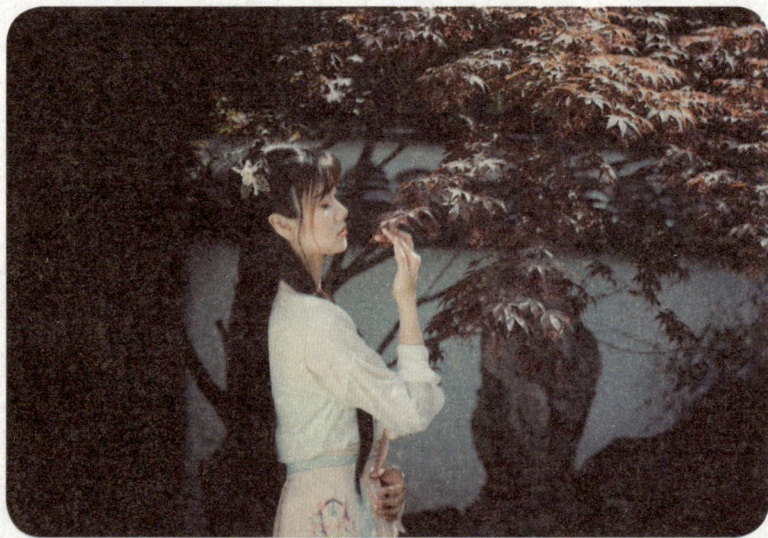

可是

亲爱的

总得

先埋下善良的种子

才能收获

甘甜丰美的果实

制造甜蜜

生命里
总有一些
我们喜欢的人
和我们想要做的事

就那么眼睁睁地
与我们擦肩而过
失之交臂

这些人和事
有的可以一笑了之
有的却一直痛在心底

其实
每个人都一样

所谓的奇迹和机遇

除了我们自己的努力

还有许多
是疼爱我们的人
专为我们而做的
精心设计

那些不如意
也不过是在
不合时宜的时候
遇到了不合时宜的人
碰到了不合时宜的事

人生就是这么不完美

如果一切都已成为过去
也不必太在意

亲爱的
就让我们尽自己的能力
多给我们心爱的人
一些惊喜

使他们的人生更美丽

使我们的世界更甜蜜

灿若星辰

生命之初
原如天边一颗星

芸芸众生
恰似点点繁星

虽然这一路
谁都不能
一直快乐轻松

更何况
还有世事无常
人性丑恶
使我们倍感疲惫与心伤

可亲爱的
请相信

这只是人生点缀

在我们身边更多的
依然是爱
是美
是希望

生命也是一场演出和豪宴

我们只有面带微笑
盛装出现

才能在浩瀚无垠的
万里星空

秀出自己的优雅美丽
与璀璨绚烂

今　生(下)

爱如月光

就算有万丈光芒
譬如太阳
有时也会被
云雾遮挡

风平浪静的背后
也许正在酝酿
狂风巨浪

有一些时候
无论多么强大

就算是王
也只能在烦躁
愤怒
或者束手无策的悲伤中
暂时撤退

亲爱的
要知道
这种隐忍的力量
和痛苦的自伤

不是我们每个人
都能轻松承受

我们能做的
就是静静守候在
他的身旁

让爱如月光

温柔
安详地

一路照亮
我们前进的方向

心怀火花，仰望太阳

我知道

有一些等待

有一些忍耐

是令人近乎窒息的漫长

我也知道

这一路的煎熬和苦痛
其实深爱我们的人
比我们承载得更沉重

他们需要时间
需要支援
需要放手一搏的勇气
和周密详尽的布置
甚至那是一场生死较量

所以
亲爱的
我们必须睿智
坚强

一心一意
心怀火花
仰望太阳

静待和他们一起
永沐胜利的光芒

生命如此美丽

生命如此美丽
让我们心怀感激
好好珍惜

也许有苦
有痛

有怨恨
有哭泣

可如果这一切
是为了爱
为了美
为了温暖和欢欣

亲爱的
又有什么关系

在这纷扰繁乱的尘世
在我们短短的
生命之旅

无论贫穷还是富贵
不管顺利还是不如意
我们都不能
随意荒废

因为有那么多的人
那么多的事

在明明白白地

告诉我们

亲爱的
我们只有不断地
创造和发现美丽

才能使我们的生命
愈来愈美丽

回不去的时光

即使我知道
那都是些
回不去的时光

可我还是
时常忍不住
频频回望

为我们
永不复返的
青春模样

为我们
日渐疲惫孱弱的
身躯和呼吸

这是束手无策

不战自败的较量

面对岁月
冷冷的目光
谁都无处躲藏

于是我想

亲爱的
既然谁都
无法阻挡

那就让我们
努力使自己的

血肉之躯

一点点
变成
生命的闪光

并且
在岁月的
长河中
美丽绽放

不要风雨，只要彩虹

明知道
彩虹总在风雨后

可又有谁能轻松面对
风雨中的苦和痛

不要苦痛
不要烦恼
不要忧伤和沧桑

只要我的美丽
和你的神采飞扬

只要牵着你的手
依着你的臂膀

只要我和你的

深情与微笑

只要我们幸福温暖的
依偎与拥抱

只要你的誓言和承诺
永远关心
呵护我

哦
等等
这世上
又哪里有什么永远

最长的期限也不过是——
直到我死之前

亲爱的
你有没有这样的美梦

就算这是梦
也要让我们晚一点
晚一点再醒

好让我们在梦中
积蓄足够的能量

来勇敢地抵挡
这岁月的侵蚀

和生活中那些冷漠
冷酷与无情的创伤

枉凝眉

曾乘风来
轻掷梭心千缕丝

花间归去
萧萧惊落兼葭泪

涓滴心意
百年孤寂
谁怜暖榭芳尘碎

寒笺题遍
深情何寄
西风满院寂寞杯

淮南皓月
洞庭春色
冰魄玉肌依幽桂

淡烟滴翠
梧桐兼雨
柔波轻漱相思灰

红尘虚设
梦断青丘
裁句东篱轻遮蕊

前生盟誓
晓寒深处
剪窗冷月照水湄

清眸何故
幽篁孤坐
凌寒香雪寂寂瘦

雁回西楼
红豆熬殇
独乘清辉款款飞

离歌

烟雨红尘
无尽繁华

心底却已
三千白发
万里黄沙

云深一片天
檐挑玉壶冰

薄暮穿飞瀑
竹吟清茶盏

纤指惹筝弦
环佩响深泉

扁舟渡秋水

修篱护菊魂

明知终是
花落月缺
离人歌

却还要
前世回忆
佛前经册

步步莲花
找到他

绿波无痕
小眉湾

研墨揽雨
染画船

雪掩过往
风暖纤腕

一路清音
心如归帆

愿终能
一笑而过

开成佛前
那朵荷

不思量，自难忘

虽然已经很努力
仍有深深忧伤
浮心底

山一程
水一程
终是漫天风雪飞

放得下天
放得下地

唯独放不下

心事重重
变幻莫测的你

修今生

修来世

但愿
永远
不要遇见你

就算只是
梦一场
也会使我
遍体伤

只有求上苍
自请放逐

忘川旁

从此与你
不思量
永相忘

当爱已走远

当爱已走远
秋正渐凉

只剩下思念的余香

也在梅花绽放的笑容里
悄悄凝起冰霜

就这样
在这雪域茫茫的绝顶

我把自己化作一丛
傲立的迎春藤

静待酷寒过后

伴你而来的

那第一缕
春风

由我不由他

静观人潮
那么多
浮华虚假

急匆匆
宛如挥手

袖底风

绾起长发
端庄优雅

来与不来
自是一树繁花

见与不见
仍有朗月清风

一城飞絮
满天云霞

九曲春水
江山如画

化池青墨
描未来

半幅丝帛
裹曾经

笔下深情

经年风华
隔世温柔

所有这些

只为自己明媚
与知己倾心

含笑对孤独
盛装担荣华

亲爱的
请时刻谨记

是幸福美好
还是两肩霜花

一定要有
足够勇气
和能力

永远
由己不由他

涅 槃

一路走来

我们这一生
要走很多路
要进很多门

有顺利
有坎坷
有欢乐
也有烦忧

虽然我们无法预知
在每一条路的尽头
在每一扇门的背后

是历尽沧桑的惊喜交集
是蓦然回首的淡定从容
还是如释重负的灿然微笑

可亲爱的
无论是平凡琐碎
还是跌宕起伏
我们这一路走来的积淀
就是每一扇门背后的答案

喜 忧
都已在很早以前
由我们自己亲手铺就

与爱相随

如果真有超能力
 我相信是爱
让我们创造了奇迹

是爱
也只有爱
能让我们生死相依
万里追随

爱让我们心动
心醉
爱也会让我们心痛
心碎

也许你会说
现实没有那么多
惊心动魄的悲喜剧

云画

更多的是平凡

平淡和琐碎

事实的确如此

可也正因如此

我们才能安静

从容地用爱

用心慢慢来体会

亲爱的

就让我们的生命

像清澈可爱的小溪

为爱一点一点
拼尽全力

相信爱
也会因此
与我们
一天一天
一路相随

轻声歌唱

大家都说
人生短暂

可一天一天走来
却又那么漫长

虽然我们谁都不愿
听到指责和抱怨
不想看到无奈和忧伤

可依然有那么多的遗憾
像已经走过的沧桑

既无法弥补
也不能回放

尽管如此

我还是执着于
对美好未来的向往

亲爱的
不管怎样
我想我们还是
要和心爱的人一起
并肩挽手
轻声歌唱

让我们在歌声里
一点一点
唱出温暖和微笑
一步一步
走向从容与安详

昨日重现

在这个世界上
的确有那么一些旋律
一些画面
一些笑容和身影

让我们自以为很牢固的伪装
瞬间崩塌
让我们的心
刹那融化

天未老啊
地未荒
唯有你我
早已满面沧桑

那些再也回不去的
无忧无虑的

快乐时光
总令我无限感伤

可亲爱的
我们别无选择

只能不断忘掉烦恼和忧伤
始终保持美丽与坚强

就这样一路含笑
勇敢
　　向前闯

心在雪山顶

有一个地方
叫天天答应
叫地地有声
叫云云会来

不管天晴
无论雨雪
一直都会有人等
这就是雪山顶

当我面对雪山
还未说出自己的祝愿
内心的敬畏和震撼
已先使我泪湿衣衫

我们总是那么匆忙和疲累
从未想过自己的心

到底在哪里

应该在哪里

将会到哪里

亲爱的

如果你也有这样的感慨

　就让我们一心向着雪山顶

慢慢地努力攀登

我始终坚信

心在哪里

人就会最终

到达哪里

天使之城

多么希望我是天使
此生只为来到人间游历

用又轻又暖的羽翼
飞出睿智从容的年岁

一切忧愁烦扰
都能迎刃而解

所有污浊苦痛
都能轻松挥避

亲爱的
就让我们用天使的心
俯瞰这平凡尘世

无论多么疲累

都要尽力

发现周围的好

活出自己的美

我的天空我的城

每天清晨
站在高高的山冈

看见自己的心
慢慢生出洁白的翅膀

曾经魂牵梦绕的地方
也许只是一片

灰茫茫的芦苇荡

没什么可留恋
就这样
决绝果断

取出玄光绫
轻扫眼前霜

引来天山水
化雨洗城邦

祥云锁山谷
彩霞封门窗

我自伴清泉

披星邀明月
和花共朝阳

凌风亮剑

曾想一直
衣袂翩然

温婉妩媚
娉娉婷婷
依水而立

可是 总有
树欲静
风不止

心向大海
梦飞蓝天
在呼唤

抬望眼

既有天路通途
又有山河拱手

既如此

何不
中流击水
浪遏飞舟

用舍由时
行藏在我

倘不能
在水一方

那就要
凌风亮剑

振衣千仞岗
濯足万里流

远眺星垂平野
月涌大江
乱云飞渡

且看我
扬眉提剑
谈笑从容

傲骄
走
人
间

化蝶飞

在这世界上
有一种男子

英俊潇洒
睿智勇敢
果断刚强
心思缜密
运筹帷幄
并且义重情长

在这世界上
有一种女子

娇柔妩媚
蕙质兰心
温婉美丽
独立坚强

让人柔肠百转
无法遗忘

愿做这样的男子
遇到这样的女子

愿做这样的女子
遇到这样的男子

心心相印
执手偕老

如果不是这样
也没有关系

亲爱的
就让我们满怀期待
努力前行

我们只有
先成为别人的憧憬
才能成全
自己的向往

王的世界

有时雍容华贵
威仪庄严

有时汹涌澎湃
雷霆万钧

有时艰苦卓绝
步履维艰

有时如鹰击长空
血洒苍穹

这就是王的世界

在喧闹辉煌
从者如云的背后
还有高高在上的

孤寒冷寂
和超出常人的
刚毅坚强

我们都是普通人
不可能成为
受万众敬仰的王

可是亲爱的
我想我们还是
要像烈火熔钢

一层层蜕变
做理想中的自己
努力做
我们自己的王

相　　逢

最美的时光

你翩翩走来
就是最美的时光

能臂挡雷霆万钧
能心系小小愿望

如永不消散的阳光
时时环绕在我的身旁

亲爱的
不要让眼前的雾霭
蒙蔽了我们的向往

请相信
只要有爱
就有梦启航

云画的月光

最难忘
是你时而坚毅
时而温柔的目光

你的肩膀
总能承载

时世艰辛
变幻无常

还有我的无理取闹
和幼稚荒唐

亲爱的
愿这一世
与你携手
如星伴月亮

即使乌云密布
雨骤风狂

也能始终
皎洁美丽
自由翱翔

君行天下

在你的眉心
点上我的封印

先把你稳妥安置
我才能执剑驰骋

纵使关隘重重
血雨腥风

我也终会

横刀立马
拼力全胜

亲爱的
请胸怀天下
温柔守候

要知

唯有浴火
方能永生

守望幸福

只要有一息尚存
我都会傲然挺立

我要你无忧无痛
安然无恙
永在我的身旁

亲爱的

无论遇到什么阻碍

也请你
满含深情
精心守护

没有我的允许

谁也夺不走
我们的幸福

为爱不放手

这是我的领地
因你曾经来过
从此紧紧封闭

我用我心铸剑盾
一边奋斗
 一边守候

哪怕望穿秋水
也要等你回归

纵遇艰难险阻
纵使伤痕累累

我依然温柔傲洁
孤独行走

亲爱的
期待与你团聚

从此
永不离弃

愿如花儿开在你掌心

许是前世曾为你舍命相助
才会在今生被你捧在手心

就算有拼尽全力的苦
令人窒息的痛

也要穿越重重桎梏
面带轻松笑容

带给我山一般的沉稳冷静
水一样的温柔呵护

亲爱的
愿我们的生命
都如花儿般纯净

长长久久

摇曳在爱人的掌心

玲珑剔透
脉脉含情

与他心意相通
永不凋零

万语千言，倾城一暖

恍若一缕风
逶迤在长空

卷来千山雪
万里春潮生

缱绻九天
千折百转
琼楼玉宇
低徘徊

心系远山
绕城三匝
拣尽寒枝
不肯栖

任满怀思绪

如海天辽远

看一望无际
浩渺烟波

又谁知
有多少

万语千言
锦瑟流年

只为
倾城一暖

那每一场
漫天飞花
迷蒙细雨

其实
都是我
小心翼翼

深藏心底
无边眷念

可无论
怎么努力
却还是

终如
滔滔逝水

一路旖旎
奔
　　向
　　　你

一生太短

一生很长
有追寻
有守候

好像总也
走不到终点

一生太短
相识不易
牵手更难

无论风尘仆仆
万水千山

还是
落梅横笛
闲阶小立

只怕一转眼
你就
不在身边

愿此生
别无犹疑
唯有牵念

携清风一缕
月漫千山

看四季流转
水光潋滟

静待
雪莲盛开
浮华自散

而我们
永若初见

菩提常青
素心如兰

温柔相依
安然向暖

倾其所有

有人用生命演奏
有人用生命歌唱

而我啊
不只用心
是用生命写文章

那些曾让我哭了很久
始终在脑海盘桓
怎么都挥不去的篇章

其实
都是我
苦苦追求
一心向往的方向

愿葱茏岁月

永远不负好时光

愿我们
虽满身泥泞

走过风雨
走过心伤
走过寂寞
走过繁华
走过一切过往

终能留下
如洗蓝天

并且
开朵微笑在心上

愿岁月不只写沧桑
更留温柔与美好

在你我的
额旁

牵　手

心如莲花开

我知道
这世界并不完美

既有骄阳艳
也有彻骨寒
还有风雨摧

可我依然

无论身在何处
都要笑靥如花
沉静如水

无论走到哪里
也要爱从心底起
心如莲花开

亲爱的
我更坚信

我的世界
也会因此

春风十里
杨柳依依

心生五彩羽翼，飞出漫天花雨

好像有太多时候
有太多阻碍
让我们身不由己

为此我也曾
满怀抱怨和烦恼

很久以后
我才知道

所有的风雨和波折
都是我们必须走的路
必得跨过的桥

因为我们每个人
都一心向好
所以一切都是最好

亲爱的
不要焦虑和慌张

我们只有历经
万水千山的积累和沉淀

才能

心生五彩羽翼
飞出漫天花雨

一路执念，优雅相见

其实每个女孩
原本都是女神

只是在寻找花冠的路上
有太多的人
迷失在半途

也许有例外和捷径
但事实是

世上原无岁月静好
只不过有人替你负重前行

更何况
只有历经风雨磨砺

只有非常努力

才能有资格

有实力

手持美丽权杖

挥洒耀眼光芒

亲爱的

也许很苦很累

但千万不要放弃

要知道

爱你的人一直在你左右

想要帮你的人也正在努力

所以

你一定要坚持住

世界对你有多冷酷

就有多温柔

而你的日渐强大

也终将无人可替

且莫随意迁就

更莫待朱颜辞镜花辞树
空留抱怨
不堪和遗憾

亲爱的
就让我们一路执念
优雅
　　相见

留我芳华，许你永生

我曾满腔热忱
笑对烦难荆棘

也曾挥汗如雨
只为举重若轻

还曾不停祈愿

愿日月含情

留我青春韶华
许你永远年轻

而如今
亲爱的
我终于明白

我们最想要的
其实只是

清澈眼神
明亮笑容

衣袂飘飘
云淡风轻

我心飞翔

凭你蛮横狂莽
我自临风徜徉

虽然人世间
粗俗难隐
庸鄙不藏

可还有
稀世容颜
灵犀一点
气象万千

若有天赐慧
心念决
意刚强

自能

龙行凤翔
　无人可挡

亲爱的
期待
跋山涉水
迢迢万里的奔波后

终能飞至最高处

和心爱的人一起
共览这
绝美风光

笑走人间

但凡美好心意
总会有人愿帮

发动悠悠众口
积攒各方力量

看我无邪笑容
天真模样

论什么大道红尘
想见不见

我只管
三十六计

倾心尽力
费尽心思

只为与你

甘苦与共

笑走人间

临风而立

我知道
你就在窗外

可我
还是选择
翩然离去

亲爱的
我不是胆怯
也不是犹疑

我只是想通过努力
使我
使我们的一切
都能更完美

努力使我们

既能畅享一切好
也能无惧所有恶

直到
有一天

我们什么都不用说
什么都不用做

只要并肩而立
就是这
世间
　　最美

爱是铠甲，也是软肋

当我从无助彷徨
突然变得从容开朗

那一定是因为有了爱
温暖的胸膛
和有力的臂膀

若我从无忧无虑
变得顾虑犹疑

那也一定是因为
有爱
需要去守护

爱是铠甲
也是软肋

它会让我们
变得无比坚强

也能使我们
在很多时候

不得不
隐忍退让

但爱
最终会化作
无坚不摧的力量

亲爱的

就让我们一起
与爱携手
为爱加油

相信爱
也一定会帮助我们

跨过高山
飞越海洋
到达我们想要到的
任何地方

一世沧桑，只为你安然无恙

常常在想
有没有
那么一个人

时刻为我
默默付出
切切关注

在他面前
既可以
开怀大笑
彻底放松

又能随时
伏在他的肩头
扯着他的衣袖
泪水狂涌

肆意悲伤

世事无常
快乐不多

来来往往
又都走得那么匆忙

在很多时候
我们能做的
其实只有
坚持和坚强

我曾为此
总在发呆和冥想
耗费了大把时光

却不知道
我们每个人身边
一直都有殷切目光
在凝望

所以
不要总是

期待未来
眺望远方

曾看过这样一段话

要么读书
要么旅行
身体和灵魂
必须有一个
在路上

当然
我们还可以
写写文字
想想过往

然后
继续努力
向前闯

愿我们每一位
都能一直
精心守护
和被守护

就此一生
面带微笑
一路歌唱

只为爱我们
和我们所爱的
都能
一世从容
安然无恙

御风

从未长大

总得做点儿什么吧
好让我们记下
曾经的眷恋和向往

一定都很美吧
无论华丽　简单
还是遗憾或心伤

都曾令我们
那么惦念和挂牵

并且在心中
久久珍藏

想忘都忘不掉的一切啊
就是我们的初心
和美好愿望

亲爱的
其实
在走向成功的路上
我们从来都没有长大

那么 好吧
那就让我们
永远都不要停止成长

让我们用汗水和脚印
一步步丈量
自己的收获与决心

亲爱的
只要无所畏惧
不停成长

就一定能
获取成功
实现愿望

亲爱的, 你准备好了吗

无须问
为什么要拼搏

因为梦想
就在那里

虽然前方是未知

可能需要走很久

甚至
又有雨又有风
既没有花
也看不到果

可是　亲爱的
千万不要气馁

要想长成参天大树
就需要更久的积蓄
和更多的磨砺

相信我
只要一直在努力

那些风雨中的凌乱和苦涩
最终
都将开花结果

而我们
也一定会成长为
最完美的自我

逆光飞翔

有多少成功
就有多少奋斗在路上

美丽光环的背后
有执着
有倔强
有坚忍
有永不停歇的脚步
和勇往直前
不断探索的
成长与自强

愿我们能
经常放空自己
勇敢对朝阳

哪怕路途漫漫

雨骤风狂

也要奋力
挥动翅膀
积蓄能量

只有坚持飞翔
才能无限
接近梦想

而所谓幸福
其实
一直都在
追逐幸福的
路上

去赴天边最美的约会

一直问自己
为什么心底
总有悲伤和苦恼

烦到快要活不了

虽然已经走很久
也有太多汗水和辛苦

可为什么
好像还被困在原地

苦苦挣扎
逃不掉

亲爱的
就算是这样啊

我也依然要
满含泪水去寻找

因为心中
一直都有
梦想在燃烧

而且
亲爱的
要知道
绝美景象
总非常人能看到

为赴天边最美的约会
我要拼尽全力
坚持到最后

始终相信
只要坚持去努力

就一定能找到
属于自己的
大美星空

和无限辽阔的

新天地

无可挑剔

曾经有很久

有很多人
有很多事
让我无法忍受

我的痛苦
不是这些人和事的烦扰

而是无论怎么努力
都无法彻底屏蔽

我甚至还曾不停反问和责怪过自己
是不是因为我不好
才总能感觉到这些刺

后来我才知道

不是我不好
而是我还不够好

当我拥有足够的能力
当我站在超越普通的高度

我就可以平心静气
含笑面对

亲爱的
　也许挑剔是另一个成长的开始

要想摆脱束缚
就得像鹰一样
忍痛拔掉稚嫩的羽和喙
重新长出锋利的爪与强劲的翅

或者像毛毛虫一样
拼命积累
奋力挣扎
直到脱去丑陋的壳
披上精美绝伦的羽翼

亲爱的

不能一遇到困难就踯躅不前
更不能一味苦恼和抱怨

就让我们在挑剔中
不断超越自我

直至一切
无可挑剔

凭栏深闺，自藏华章

与其争执吵闹
不如矜持高傲

就这样
优雅安静

朝沐阳光雨露
夜赏银河星光

闻闻花香
读读华章

养我胸中清气
额间容光

秀秀美丽衣裳
看我裙裾飞扬

亲爱的
没有不老的容颜
只有积淀的馨香

所谓成功和自由
不是万众瞩目
为所欲为

而是
即使待在深闺
也能
自我主宰

并且
依凭才华

纵横四海
驰骋八方

卿本人杰, 眼高于顶

不问俗世风和雨
青眼只向星际落

虽然人在凡间
时有滚滚红尘扰

奈何胸有凌云志
浩气向云霄

纵有千般苦
万重累

我自月朗风清
泰然自若
一笑而过

亲爱的

没有不死的生命
只有永恒的传承

就算形单影只
孤独行走

也要一心一意
拼尽全力
刻下自己
满含深情的每一笔

在这浩瀚宇宙
每个人
都有属于自己的星球

我要用毕生心血
亲手建造

浓墨重彩
独一无二的
如画
　　山河

不可阻挡

因为相信
幸福就在前方

所以才能
带泪坚持
含笑向往

当我终于能
开怀大笑
放声歌唱

才看到
那些曾经的风雨
不过是

不足挂齿
飞逝而过的

沿途风光

亲爱的
就让我们
日夜兼程
勇敢前往

请相信
幸福就在前方

只要坚持努力
就有阳光灿烂
旗帜飞扬

一切都将
不可阻挡

御风万里，展翅高飞

其实我们都有超能力
只是被各种诱惑和阻碍
羁绊在尘世

摆脱羁绊的路很长
需要坚持、付出
和永不言败的定力

会有无数磕磕碰碰
踉踉跄跄的
眼泪和挫伤

当然也会有
各种胜利的微笑与歌唱

亲爱的
仅有这些

还远远不够

为了心中向往
甚至还要有
果断决绝
向死而生的勇气和豪放

为什么成功者的路上
从来都不拥挤
没有别的
只因能够做到所有这些的
总是极少数

可是
亲爱的
我们真的都有超能力

就让我们一起
点滴累计
不断积蓄

直到有能力
撕掉封印
冲破屏障

从此
御风万里
展翅高飞

传　说（上）

那么骄傲

曾经那么骄傲
风一样自由
云一般美好

如今
却要因你

时喜时恼
层层心结绕

一腔柔情付春水
带去迢遥问好

又怕你知道

只对江畔柳
云边月

轻说一句

愿你一切
安好

无边花海，只为你盛开

春已来
百花盛开
我却在等待

夏将至
秋不远
冬天也终将到来

我却依然
安静在等待

静待这
酷暑寒霜
世情冷暖
人间百态

使我一天天

云画

外表纤弱
内心刚强
安之若素
含笑对一切

不惧风雨
无视粗鄙
独自等花开

不为别的
只在等你来

种下满山蔷薇

无边花海

今生今世

也都
只
为
你
盛
开

才下眉头，却上心头

遥遥望见你
气定神闲
专心致志
在忙碌

全然不顾
我为你
劳神费心
的投入

就这样
辗转反侧
气短情长

一颗心呀
四处游走
无处安放

一边着恼
一边又
时有微笑
浮嘴角

就这样吧
相见不如想念

才下眉头
　却上心头

今生
只在心中珍藏

你
我

最美好的
篇章

神话

有很多时候
独自坐在窗边

看见天很蓝
云很美
人潮如涌

唯有自己的心
是那么空

只有漫天孤单
和无助蜂拥

好想你能一起来
帮我保护
我的梦

就这样
婷婷依在你身旁

并且
从心底
缓缓生出
会飞的翅膀

和你一起
翩翩
向朝阳

亲爱的
其实神话

就是这样

用我们的款款深情
和认真执着

永远

不让珍爱
变心伤

一珂锦绣

月寒鬓微凉
菊染襟前霜

风拂旧琴台
漾起千朵伤

拈一叶梧桐
画秋韵

斟一斛梅香
氲画堂

寥寥星子稀
寂寂秋水长

揽一肩唐风
温玉屏

盈两袖青花
扫墨香

满目婆娑
重门几何

一珂锦绣
三生承诺

是谁

一直等在
风烟里

等他
撑舟载月
来寻她

载她到

永远的
晴暖山河

瘦月光

独依藕榭旁
细数雁两行

是谁引斜阳
徘徊在过往

冷月拂晓
雾霭缭绕

寂寞街巷
风吹衣角

谁来暖这
心头菊黄
额旁微凉

风敲在肩上

谁来调忧伤

一帘烟雨
满室苍茫

伤心的源头
总在雁归的
方向

又谁见

瘦瘦的她
瘦瘦的他

在瘦瘦的
西湖畔

写一首

瘦瘦的
如梦令

和一阕
瘦瘦的

白
　月
　　光

万里烟波深情,千年一瞬守候

借云朵
一缕光年

寻前世
遗失的
那枝莲

冷彻开在
雪山巅

冰妆玉琢
孤傲擦肩

步步纷飞

曾经沧海的
落寞

遗憾

携清风
一握牵念

觅深涧
霜锁的
兰佩梅颜

永不凋零的
那一瓣

每一寸

都刻满
从未说出口的
不舍
眷恋

采月华
彼岸孤独

渡碧海青天
缱绻

那荷心
每一滴晨露

原都是

从毋用问
永不需说

眼角眉梢
轻拢

刻骨铭心
珍藏

万里烟波
深
情

千年一瞬
守
候

雪韵梅魂

暗香一缕
寂静山河

翩然舞絮雪

一瓣晴柔
两朵禅韵

惊心的美
冷傲地飞

清冽转身
蓦然回首

暗了书灯
恸了莲心

擎一盏晨露
沾清风

铺一案兰香
渡鹤影

这一路
茶意琴音
月柔风轻

这一世
素笺淡墨
婉约笑颜

这一生
澄澈眼神
凌波鸿影

这婆娑世界
亦因你

辽阔山河
凝香满盈

只因有你

因为有你
才知道

原来生命
可以
如此美好

每时每刻
都能懂我
欲说还休
欲言又止的
切切心意

随时随地
都能收到
你的默默付出
和遥遥关注

感谢上苍
有你真好

愿此生
只有疼爱
没有疼痛

一切都在

你的温情眼角
和我的含笑眉梢
刚
刚
好

住在你心里

只因你在我心里
才想住进你心里

你喜我也喜
你忧我亦忧

只有你呼吸
我才有心跳

若你一蹙眉
我便起微澜

我若泪欲滴
你即意辗转

我们不是
山水依

也非连理枝

而是同心体
永世不可离

你在我心里
我住你心间

你在心就在
我在心才在

此心可化羽
随时展翅飞

我只要今生

怕饮忘川水
不去想来生

只要在今世
同你笑春风

一笺话烟雨
半帘拢秋冬

捧来满天星
遍洒莲池畔

一花一世界
叶叶摇从容

折来江边柳
细梳月玲珑

低低琴瑟语
淡淡画妆容

纤手剪红烛
共读西窗影

相知又相依
款款度今生

传　说(下)

花笺

摘下花一片
随风伴云飞

辗转千万里
落在你窗楣

轻轻拂衣袖
洒下淡淡香

一缕绕楹梁
一缕回故乡

我棒清水砚
迎在莲池旁

一笔写眼前
一画寄远方

字字荷叶生
句句莲花现

荷叶连天碧
花开凌霄外

静待我和你

飘飘云水间
翩翩踏歌飞

云裳

捧来一朵云
安放在书房

轻执柳叶剪
柔柔细细裁

缓捻梅花针
款款密密缝

绣上七彩霞
遍洒叶尖露

还有花间雪
滴滴化清流

一幅做帘栊
依窗低低垂

云画

一幅做裙裳
盈盈裹纤腰

一幅做披风
匝匝绕君身

携手趁清风
萧萧云间飞

青丝长

轻轻解发簪
缓缓梳青丝

一梳梨花落
皎洁染素帛

一梳梅花香
氤氲绕绣房

一梳柳枝柔
暖暖看斜阳

采来莲花蕊
穿起青丝长

织匹云纱帐
为君披肩上

绣朵红砂痣
轻放在襟旁

丝丝漫空舞
缕缕银河长

酹江月

燃一支陈香
暖斜阳

锁一庭烟雨
理丝簧

一点梅心
相映远

云随雁飞
笛声扬

清樽素影
独捧光阴

一酬天地
三酹江月

一愿不惆怅
二愿无离伤

三愿漫漫余生

高山流水
一苇清凉

既无发如雪
也不鬓成霜

悠悠南山巅

晓风送晨钟
莲漏转佛光

这一曲
天上人间

再无他愿

云水谣

浮世三千
红衣映雪

展一幅
湖光千顷
海天寥廓

拢一窗
秋水拂尘
逸世清幽

愿此生
明河云影
静水无波

不必
过尽千帆

等到他

月榭携手
枫桥横笛

寒梅斜照
玉帘银钩

风吹桃花渡
霜吟碧涧流

一泓月光白
两袖彩云归

朱门映柳
举案齐眉

一棹天涯
自在飞花

蝶变

蜜蜂一样工作
蝴蝶一样生活

公务之外

我的霓裳
你的青衫

红笺小字
描你眉间笑意

温存回首
拂我裙裾云染

煮雨烹茶
看尽繁花

199

清音缭绕
遍倚阑干

把重重帘幕
斜月黄昏
眉黛春山

一笔一笔
都入画

看鸿雁在云
鱼儿在水

清风徐来
绿波流转

念时光不老
你我不散

无须想念

苍茫人海
来去匆匆

只有
你是最暖

滔滔江水
过尽千帆

只和你
刚好遇见

渡口烟波
春风柳岸

不关离情
无须想念

只要抬头
就能望见

月色如洗
飞花万盏

风轻云转
灯火阑珊

你的身影
我的笑容

在春
也在冬

宜雨

也宜晴

水云间

轻挽云纱帐
缓推小轩窗

望遥天如洗
年华似水

揽满山月光
听溪流浅唱

不要菊花台
旷世沧桑

也无化蝶飞
千古绝唱

只与你
澄澈天籁

默然静立

两盏青花瓷
温润沁凉

一曲《半壶纱》
慢煮时光

看飞花拂柳
游丝软系

蘸一汪春水
细描四季

一天天
由乌发
渐白首

一步步
从地老
到天荒

绣清风

春意画柳
明镜飞花
一盏心灯
绣清风

秋水菩提
幽兰照影
化朵青墨
染书韵

微雨双燕
月榭花眷
半篙暖波
醉疏烟

时光易老
长情永存

执子之手
依画屏

唯愿
因你无忧
有我不惧

凭
玉树伟岸
借
云水花颜

执笔契阔
温柔相悦

终此一生
与子偕老
绣清风

小世界

虽然已经走很久

有焦虑 有无助
有心伤 有疲惫

可终于还是
尽全力

建出属于自己
小天地

在这里
既有路迢迢
也有水遥遥

既有青山隐
也有芳草碧

遍地花似锦
满天云霞飞

最后还要
谢上苍

终在
茫茫人海找到你
一起徜徉在这里

天浩浩
月朗朗
我们从此并肩立

再无重门锁
也无意难消
更无烦俗扰

只有

你在山岚间
潇潇玉临风

我在绿水畔

云画

浅浅笑眉展

同携一片梦
共拥一座城

风行千万里
比翼在苍穹

等一世花开，守一生问候

品一盏清茶
氤氲暗香

读一阕宋词
婉转悠扬

望一弯月亮
意重情长

都不及你
一回眸的
关切凝望

不负四季从容
不衰执着等待

只把一片

无边星海

遥系你窗外

隔万丈红尘
等一世花开

遣悠悠绿水
徐徐清风

常伴你左右

愿我随时回首
你从未走远

一直都有

温情眼角
含笑眉梢

默默祝福
静静守候

玉临风（上）

玉临风

帘卷花间词
风拂摩诘诗

笛里关山
枫桥菰蒲

三十六陂
凤萧莲动

二十四桥
冷月无声

朱门深户
晨钟晓露

杏花煮酒
松针煎茶

望湘云楚水
刹那芳华

隔山海时空
波澜不惊

回眸处
红尘修竹
沉寂端然

转首间
舞雪扶风
静美无言

任茫茫兼葭
岁月风沙

自清绝风骨
无惧天涯

只有云知道

春来
花千树
香满路
撷最美一朵

随心
飞至
她妆台

夏至
烟波柳
画楼月
十里扬州
三生杜牧

所有繁华
只为她

留白

秋去
云淡波远
依约眉山
长路寂寂
万水千山的
孤独

只愿她
永如清风般
明媚

待到
梅开雪浓

纵在千里外
纵然岁月
白了头

纵然
他从不说
他从未说

她已全懂

这一世
不远不近的
花开

这一生
不离不散的
温柔

一瓯春

群岚日暮
溪亭晚渡

三杯春醒
两盏秋碧

几点星河稀
一抹流霞飞

人依
疏帘闲窗

月照
花影重门

数枝青梅嗅
百册书卷香

风定落花深

碾玉一瓯春

彩丝收游絮

萤火暖画屏

且把轻衫理

静待良人归

一溪月

明知
繁华
薄凉
非能自主

层云
暮雪
亦无定所

却仍有
山般依恋
海样牵绊

心中虽已
云雾苍茫
九曲回肠

能以言说
仅余
一曲琵琶语
半阕郁轮袍

空山新雨
拈花携影

遍寻
竹声松泉
尽访
月台梅馆

唯愿
桂花载酒
漫漫行舟

终如
湖月照影
清风别枝

自此
淡眉秋水
寂静安然

飞花盈笔
坐看云起

缘自天际

仿佛已经
错过了
许多世纪

我的心里早已
海天一色
苍茫辽阔

纵有
春风词笔
也无法描摹

邈邈云汉
遥遥天际

这盈盈的暖
微微的寒

手执玉龙
眼睁睁

看片片落梅
无声远去

有谁知
有多少

不忍不愿
和不舍

终化作

无言
无韵
无字
无心的

半首歌

仅余
一个人的
大雪纷飞

和一个人的
孤单单伫立

静待
光年之外
浩瀚天际

执子之手
执笔契阔

梅花引

因循前缘
乘愿来

辗转漂泊
入尘埃

风过
雨落

冰弦芳榭
自清绝

望苍茫来路
对影花寒
数朵暮云遮

凡世纵有

千　百　万

终如
涤冰
眉砚薄

秋心愁
轻衫透

蓦然回首
长帆已向
云边系

琴边溪
空阶月

一剪锦墨
梅花烙

云中书
灵岩雪

切莫轻抛
紫玉霄

四十八愿
九品咸令

一枕秋心
出婆娑

清江月

晚秋薄雾起
江畔池月升

粉墙黛瓦
竹窗素笺

一字
一句
深情满卷

疏烟兰杜吹
孤琴萝径隐

苔痕深院
竹露清韵

一弦

一瑟
缱绻婉转

松月风泉引
花路溪口等

悦怿九春
馨折幽桂

一分
一秒
眉梢眼角
心底绕

从朝到暮
穿唐越宋

没有太迟
也未更早

只我
落落走来
恰你
轻轻迎候

度春风

芜城月冷
云梦西洲

一昔如环
昔昔成玦

一点执念起
恍若墨入水

虽是
刹那芳华

却如
微风起沙

一缕缕
扬扬洒洒

吹出
万里黄沙

吹成
竹外疏花

剪红尘时光
修澄澈端然

煮温润过往
谱清丽华章

自擎翠尊
独倚修篁

幽屏珠帘
闲月轻纱

空弦有意
玉指流芳

一天天
一年年

且以温柔
候春风

花间住

芳莲坠粉
檐牙飞翠
曲岸持觞
不成书

竹西亭畔
暮云深树
苇塘自碧
花间住

空城晓角
柳下坊陌
水佩风裳
星如雨

露湿苔井
风漫汀洲

青盖亭亭
凌波去

篱角梅笛
素琴舒袖

一曲《杏花天》
两阕《小重山》

自此
闲挑红烛
不敷清愁

唯留

满川皓月

一帘秋霁

芳心千重

漠漠轻寒
絮雨霏霏

垂杨金浅
落红难缀

看纷繁
世界

多少匆匆
过客

漫倚别浦
露台久坐
一池萍碎
空回首

又多少

脉脉情深
芳心千重
花前对酒
不忍触

曾想

琼楼玉宇
飞盖华灯
金炉小篆
按秦筝

然

浮华褪尽
漏声正永
疏云淡月
更寂冷

终不如

竹篱瓦院

碧水桥平
柳下桃蹊
日闲风静

且共
归雁流萤

自在飞花
傍清樽
无边丝雨
酬素影

柔婉洁静
悠然恬淡
度此生

玉临风（下）

花漫天

月洗高柳
雾氲幽草
雨细风软
吹香絮

画舸载春
松滋苔纹
竹露清响
传微韵

朱户半启
荷风送暖
绿杨秋千
独凝伫

玉帘慵卷
银屏烟寒

锦书难据
轻挥袖

凤弦琼管
陌间花钿
琴心三叠
携梦飞

千里之外

千里之外
暮雪初霁
寒水自碧

竹槛软帘
钿筝芳柱

玉钗云鬓
花雾绕

千里之外
芦满汀洲
轻沙浅流

群岚山头
瑶台月下

一书素笺

露华展

千里之外

风裳花容

疏梅清茗

沉香画角

紫巾温袖

宝奁如月

读春秋

千里之外
云山三叠
雁过南楼

泠泠修竹
田田菰蒲

盈笔扫墨
绘吴钩

千里之外
他
清雅端然

千里之外
她
简静安暖

千里之外
虽
时空阻隔
然
岁月如歌

任时光
穿梭
且沐
明月

千里
共皎洁

心如明月

不问
巫山云朵

不顾
沧海辽阔

不管
冷月欺花
寒烟困柳

只如
蝶宿西园
燕归南浦

我以我心
向归途

有寂寞
有烟火

有春潮晚急
有落红带愁

有雨打梨花
有灯深夜语

有杜宇声声
有彩凤孤栖

虽流水无情
流年斑驳

终因你
蓦然回首
默默呵护

才有这
满树繁花
一路婉约

这一路

不问风雨
不诉星河

只依心
翩然飞向

梦深处

最美的
无语邀约

流霞飞舞，风雨守护

遥望
浩渺天际

你是
海市蜃楼的
岛屿

繁花似锦的
春秋

荒无人烟的
交流

凝伫太久的
心绪

已如

清风般
枯瘦

不惧
风沙迷离

无畏
寒夜沧流

你的
单薄肩头

正在
撑起一座
琼楼

而我已
悄悄
化作风雨

携星月相映
伴彩霞飞舞

默默

陪你到

最辽阔的
不朽

时光煮雨

悄立窗前
凝望你
静静走远

我已不再恍惑
亦无忧惧
太冷太清的天性

仿佛
萍聚汀洲
月移长空

其实这一切
不过如
风吹芳树
雁落西峰
泠然蝴蝶

忘归程

你在
雕梁藻井
柳院书灯
梅溪绘风

我依
画堂深处
熏炉新燃
碧瓦春衫

不管
落红欲断
暮寒犹浅

只将
门掩梨花
重帘不卷

静待
梦回故园
杏开素面

凤靴归来

灞桥相见

瑞龙吟

不要
繁华喧闹

你就是
整个宇宙

无需
伊甸仙境

你自有
最美春秋

看微风摇曳
云朵自由

山川静穆
江河温柔

伴星月流转

风雨委婉

共你我

深情携手

穿越时光

天地神游

一起安享

只属于我们

大洋般浩瀚宁静

往复不息的

生命绿洲

海洋之心

我曾路过
繁华之境

也曾有过
滚烫心情

看过很多
美丽故事

旖旎了许多
如水青春

而今
我只想
静泊在大洋中心

把牵念

托付清风

把等待
轻合掌心

把你我
所有深情

全都镶嵌在
璀璨星空

无论经过
多少世纪

我们永远
都是最亮
最美的
风景

一如
海洋之心

光芒万丈
瑰丽灿烂

静静
沉睡在

浩瀚辽阔的
大洋正中

一剪梅，数枝雪

雪夜寻梅
空山人远
遗梦江南
春一卷

长亭绿绮
纤指风泉
犀帷凤弦
万壑松

冷月凝波
颦聚眉峰
缓倾春碧
抟余情

细草微风
孤舟烟柳

清辉玉臂
掩故扉

芹泥雨润
红影香径
黛娥长敛
锁飞鸿

依依汉南
落花江潭
一襟芳思
付苍烟

莫回首
休倚危栏
不问双燕

且趁
稀星数点
露痕轻沾

只将
层层心绪
朵朵墨韵

叠叠红笺
书华年

开成菩提花

想了很久
想要忘记这所有

奈何
晴檐多风
柳花如洒

纵不怯流光
不念过往

一切仍如
钱塘酥雨
烟驿桃花

丝丝缕缕
飘飘洒洒

既来
就无法走

既去
又不能留

想要说的话

最终
全都深埋雪山
散入蓝天

且握
清茶盏

静依
兰亭畔

不惧晓寒浓
也无诗酒瘦

只把青墨研
风袖拂锦弦

眉目如画
傍月华

飞梅弄晚
候迎迓

雁南飞

柳锁隋堤

芳飞梁苑

梦里现

溶涧碧水

暮云朝雨

去未还

虽

风月俱寒

苦近秋莲

仍

楚香罗袖

南屏静候

把断烟离绪

飞雪梅厅
俱付鸾鸿

只待
西湖燕来
吴馆巢暖

玉幔和诗
匀徐妆

芳草宝勒
引斜阳

月玲珑（上）

月玲珑

月是冰浸霜
开在云心上

雾拥春塘水
纤指绕寒凉

清歌盈袖
星如雨

皓腕匀染
沧海月

画舸无言
深情永系

空谷幽兰
眉拢秋烟

风停处
微雨落英
温婉守候

帆过后
轻裾回风
明河共影

此去千年
阳关万重

纵
风寒露浓
雪漫万山

终
玉骨冷弦
脉
脉
明
月
间

曾经沧海

皆因
每个梦里
都有你

才会
夜泊深乡

销清寐

摘一朵朝阳
映轩窗

不再张灯
惧月光

裁两段锦霞
做霓裳

静默婉然
立花房

读千卷书
研万盏墨

终未飞过
这片海

没有前盟
无需誓约

只因

你在梦里

不邀自来

从此
不能醒来
不愿醒来

终此一生
无法
醒来

一江春水祓清愁

天外云峰
数朵依

执笔双手
缓合十

绛河清浅
谁苦候

风荷自怜
频颔首

玉容消酒
秋照水

翠叶吹凉
隐轻鸥

不是
不想去

不是
不能走

而是一切
终都
无可留

唯有
锦瑟
五十弦
东风
簪玉管

一阕清词
袯清愁
一江春水
渡春秋

落梅无言

没有也许
不是可能

且看这
千里风雨
漫天心绪

万里长空
舞轻絮

水迢迢
路遥遥

枫落长桥
不眠侵晓

唯撷

枝上露
慢洒
镜中路

剪翡情
裁绿意

一缕飞霞
映红烛

不怯
冷月阑干

不计
六桥信渺

只把
盘丝系腕
银瓶缓拎

依天
依地
依因缘

细读
碧水含情
落梅无言

绮罗香

梨花开
春带雨
碧流幽涧
金井阑

梨花飞
春堕泪
湖月照影
清云梯

长风万里
送秋雁
漫煮闲茶
寄嫣然

虽
一江烟水阔

空山微雨过

柳暝西陵
风日薄

年华暗换
负画阁

自
凌波南塘
桂棹轻鸥

一壶秋水
荐月光

漫将茱萸
约翠微

愿
凭高望远
绮罗香暖

岁月波澜
玉人陪

一生悲欢
并肩听

月满洞庭

画帘开
雁南来

罗衣团扇
纨绣幄

一笛当楼
浅染眉

九陌祥云
深拜月

潇潇暮雨
天映水

寂寂春华
转东篱

意把时光
酿诗酒

终因

层层
苍烟远

滴滴
叠漏永

悬帐立风
付疏钟

寒香乱
夜未央

微雨轻拂
杜陵柳

故园晚
风入松

梦到华清

负春盟

且把
台杯满

轻衫
揽幽澹

蘸雪
写洞庭

凝冰
锁花梦

花非花，雾非雾

曾如

一泓泉

静水映空山

芳机织瑞锦

娉婷入银屏

春风　春柳
筑花房

溪声　溪雨
酿春醒

碧云飞在天
清流绕芳甸

既无波澜起
亦无辗转思

只因偶回首
方知故人归

花开叶落
一季秋

低眉转身
半世修

花非花
雾非雾

朝云暮雨
酬永昼

枕松把酒
关河冷

焚香抚琴
郊扉久

沧海明月起
空园白露滴

苒苒物华灼
何处系归舟

千帆过尽
风景看透

心似
双丝网

中系
千千结

不诉离殇
不言清愁

只依滔滔
长江水

无语凭栏
无声东流

花间集

曾在
烟火人家
寻常巷陌

恬然行走

那时
花也开
雨也落
风儿也从
窗台过

从未想
何为缘
何为劫

只因

偶然
一回首

才有这

百花齐放
满城烟雨
大雪纷飞

令人惊心的美

从此
你就是

不敢读的文
不敢看的字

不敢想的
音容笑貌

不能提的
红尘现世

此生

已是一册
《花间集》

所有都在
花开时

可又总怕
这一切
回头不见
转瞬即逝

唯有恳问佛

要历多少劫
要经何年修

方能与你
泛舟江湖
闲隐山水

于云天深处
俯视繁华
过尽悲喜

云海, 云涯

很多话
满溢心间
不肯说

许多泪
忍了又忍
终滴落

研成墨
画作画

幺弦缓弹
都在说

云已起
风清扬

折枝瘦梅
伴雪飞

走天边
走天涯

在云海
在云涯

有他
就有她

无他
亦无她

他是漫天云
她是无涯水

一弯七彩虹
一幅南天霞

织成满天星
逶迤在长空

如果如果，唯愿唯愿

若能
清净脱尘
来去随风

落花不伤
流水无痕

当会
无惊
无恼
无烦扰

可是
既入红尘深
自有千般苦

且看这

一朵朵
烟花
一树树
烟絮

一庭庭
烟雨
一波波
烟柳

既是
一叠叠
晴暖
一页页
春风

也是
一湖湖
秋月
一江江
轻愁

听一首
老歌

画一弯
新钩

想了很多
如果

如果
梦不老
如果
云能留

如果
前世来生
不是神话

如果
每条路的尽头
都是幸福

唯愿　唯愿

唯愿
每一个如果
都美好

每一份深情
都温柔

唯愿
爱我的
和我爱的
每一位

愿我们
历尽风雨
途经坎坷

终能迎来
灿烂黎明
最美彩虹

月玲珑〔下〕

千丈冰

当年长街
春意浓

月波凝滴
槛萦红

绿丝低拂
青田蒲

芳草千里
策马行

不动心
未伤情

只如临水
照花人

只因
一帘雨
长衫似惊鸿

从此

烟水几分冻
细雪舞轻风

新雁远
瘦影寒

人扶醉
月依窗

所有言语
都空洞

一切风景
皆平庸

且把温柔
化剑锋

独自
守孤城

唯依
千丈冰

凌风写
从容

玉蝴蝶

旧时月光
曾染谁的窗

一叶红笺
满载
谁的过往

都说人生
如戏唱

可是一旦
爱出场

算空有并刀
也难理情深
难剪离愁

金陵路
簟潭秋

斜风细雨
宝钗楼

玉梯凝望
倚栏浅唱

虽红尘梦远
经世多年

纵身在
繁华闹市

处处
人来熙往

却仍感
孤单无依
仍怕
离合沧桑

愿做无心人
愿有莲花身

无须
空盟虚誓

只依
花开有期
花落有时

即使
流转天涯

亦可
生死无惧

墨迹

清雅轩窗
冷月幽巷

依山而居
结庐修心

既有
骄傲高寒
雪中梅

也有
柔软良善
烟波柳

红尘之外
光阴似水

愿历尽
风雨

终与他

王谢堂前
颜如玉

溪桥庭院
赌书茶

一盅梅里雪
半盏纳木水

画一个我
描一个他

且共这
万里江山
碧云高天

度一世
花开

研一生
翰墨

一抹云

明知
纷繁尘世

没什么
可以永久

一生

也不过刹那

可为何总不能
去留随心
娴静逸洒

总因他

断云依水
送春归

秋霄落雁
西风追

拣尽寒枝
不肯栖

愿
轻舟万里
楚天千山

途经
一季季
梅开春来

一片片
秋枫夏荷

一幕幕
暗香飞雪

终能
无伤无欠
无忧怨

恬静如月光
安然似清风

澄澈明朗
度此生

只若初见

缺月疏桐
漏断人静

红叶题词
捧玉钟

十洲烟雨
江南千里

心随雁长
锁秋光

绣阁轻抛
凭栏悄悄

海阔山遥
抚秦筝

画屏展
黛眉浅

且把归思
付江天

轻帆卷
断崖远

一棹碧涛
晚照满

山海侧
水云间

虽
路途迢迢
岁月遥遥

相逢
既是宿命

相知
已如相见

茫茫人海

知他
在人海

知他
在等待

知道
终会相遇

可又怕

留不住
深情相随

做不到
淡然相离

如何能
毫发无伤
全身而退

不去追溯
前因

不必泪湿
今果

问遍浮云
无好计

唯有
清风识琴意
明月伴诗书

温柔
静默

等他在
人海

看他

在人海

转身
在人海

天命

锦绣文辞
写不出
兰草心事

繁华落尽
看不清
世象万千

执意于
简约淡然

虽历
山河变迁

无惧
岁月流转

心如
风后絮

静守
雨余花

纵有
千媚百红

终不抵
冰雪初衷

不书尺素
不歌别情

只
固守心岸
半启心门

看
生死爱恋
浪涛席卷

既有

一眼万年
一诺永远

自当
各依天命
各卫其疆

于
千折百转

迎
别样因果

候
另种重逢

前缘

当是
前缘未了

方有
深刻相逢

只是
缤纷繁世
万千风景

已使
苍茫来路
下落不明

而我
也只能

修身克己
隐姓埋名

辗转于
林泉山蒙

寻找前世
和曾经

不为回眸
不为擦肩

只为了却

今生心愿

纵
山水阻隔
风雪交织

亦
不生愁惧
不改初衷

该来的
终会来

已走的
无须留

要知
每一分
赠予

每一寸
舍离

都是

必经修行

无论何种
际遇

我都会

含笑迎候
从容接受

梅花坞

虽居
深稳现世

却总觉
飘忽无寄

就算
不慕浮华
淡看荣辱

可到底
哪里有

恬适宁静
云开月明
温柔守候

何处才是

山穷水尽
峰回路转
晴暖归宿

看世间
有多少

斜月半窗
醉别西楼
帘幕重卷
不遮愁

画屏空掩
碧瓦金盏
红烛自怜
霜满天

既知

唯有
美丽错过
方能

刻骨回首

无须频叹
落花犹在
人面何处

且取
乌丝百幅

静待
闲云归后

画一轴
绿荫深驻

谱一曲
水过秦楼

漫看
苍茫人世

只共梅花
更邀明月

云画

温婉美丽
度春秋

一抹红

远岸遥峰

楚江尘冷

细雨微风

渡鹤影

霜沁兰心

碧瓦留痕

只言片语

都慎重

红欲断

青未了

朦胧新月

挽流萤

一笔一画

轻吟诵

字字句句
都折肱

白衣胜雪
身影
豆蔻年华
旧梦

纵
思绪云涌
柔情万种

也只能
故作从容

于
茫茫人海

不惧
薄情利刃
无问
何去何从

只就这
烛影摇红

写一阕
无动于衷

画一幅
翩若惊鸿

洒漫天
泼墨情浓

匀一抹
永不褪色
朱砂红

心海

月桥花院
藕榭梅亭

归鸿无信
锦书难凭

虽
漫漫人生
时如漂萍

然
春柳夏荷
秋月冬岭
安然秀美
静谧多情

愿于

苍茫人世
烟火深处

风拂
千层云
心存
一片海

朝沐
晓风晨露
夕留
花间晚照

静候
前生等待
恭迎
今世相逢

天意

也许你
永远
都不会
知道

那天边

每一次
星光闪现

其实
都是我

用尽一生
也不能
释怀的
隐隐牵念

曾以为
一切都已
妥善安放

却总在
不经意间
突然浮现

如月出海面
雪舞蓝天

使我
瞬间

霜聚眉峰
雾涌双眼

回望
匆匆流年

倘若
冥冥之中

聚散
早已安排
结局
自有天意

就请
春风化雨
将一切
慢慢消融

只仿佛
所有过往
从未出现

愿时光

终能
温柔以待

使所有
烦扰
不留痕迹
不存遗憾

让晴暖
不必久等
相知
永不分离